AF279663

Atem vom Marshmallows Zwischenreich

Michael Ockert

Auflösungen

für Hannah

Inhalt

Über die Meeresfläche brausen

10

Grund

Ich mag sein Hellblau. Es fällt in weichen Falten, als ob ich mich darin einkuscheln könnte. Es hilft ihm nichts, dass er zwischen abgestellten Autooberflächen hindurch wegrennt, manche intakt, manche nicht mehr. Er schaut sich zu mir um. Ich mag seinen Blick und fürchte ihn. Er schöpft sich aus einer unverstandenen Widerwärtigkeit. So tief wie ein Brunnen, auf dessen Grund eine Wasserpfütze steht, schwarz und voller Erwartung.

Sie spiegelt das ferne Licht von weit oben, ganz schwach. Soll ich es in mich aufnehmen oder fliehen lassen? Ich entscheide mich für Fliehen. Darin steckt Verflogenheit. Und fliehe darin zu mir selbst zurück.

Platz

Ich steige auf. Der Abstand ist ausgefüllt von Tasten in den Wind hinein, der mich emporträgt. Er führt mit dem Lehmboden ein Gespräch. Er versucht, seine Farbe zu verstehen. Hellbraun und Hellgelb bis ins Weiß schon hinein. Er wird das Weiß in seiner Tiefe nie verstehen. Dann doch lieber Gelb und Braun.

An ihren Rändern reißt die Lehmoberfläche auf. Sie wird von der Restfeuchtigkeit gehalten, die sich zu Spitzen ausformt. Darin liegt ihr Trost und sie lässt den Wind über sich hinwegstreichen wie eine zärtliche Hand, die sie in sich aufnimmt. Der Himmel kehrt in den Boden und der Boden in den Himmel zurück und in seine Höhe. Sie spannt sich auf in alle Weite. Verbindung zu den leeren Räumen, schwarz und von Funkeln durchschauert.

Ich lasse mich darin wie ein Laubblatt verwehen. Es gibt für mich keinen richtigen Platz hier, denn jeder Platz ist der richtige. Jeden Platz habe ich eingeatmet und wieder losgelassen. Kein Suchen oder Finden, nur Nähern und Entfernen, Begegnen und Verabschieden.

Ich streife dort hindurch ohne Richtung und
Höhe, mit wachen Blicken. Das Strömen umfängt
mich. Es umweht mich wie eine Umarmung. Ich
fühle mich darin geborgen. Ich werde aufgenommen und verbinde mich.

Verlangen

Ich sehne mich zu dem Grün, in dem das Unbekannte wohnt. Das aufflattert, wenn es danach verlangt. Jetzt ruht es, indem es an seinen Rändern eine schmale Linie formt, spitz und im Bogen auslaufend. Wache Augen, die in sich selbst ruhen.

Die Linie verschmilzt mit dem Grün, das es umfängt, an den Rändern rot geflammt. Sie bemerkt mich nicht. Ich bin hier unwesentlich, selbst als ich meine Hand erhebe. Das Liniengebilde erwartet den Schwung meiner Handfläche und ich folge ihm. Es füllt mein Dasein aus und meine Bestimmung. Ich hole aus und lasse meine Hand verlassen, was sie zu sich hinziehen will. Ich verbinde mich ganz mit diesem Schwingen.

Das Linienwesen steigt darin auf und lässt seine Schwere verfliegen. Es hebt mich mit sich auf und wir verlassen das Geraschel der Blätter.

Flusenbündel

Ich tauche ein in die Flächigkeit der Vororte. Es überrascht mich selbst, dass ich nie genug davon kriegen kann. Es fühlt sich an wie Ahnungen. Ich will mich über die Flächen treiben lassen wie ein Segel über das Meer oder ein Flusenbündel durch die Steppe. Es liegt ein tiefes Geborgen-Sein darin, das ich mit niemandem teilen kann. Mein Fuß liegt ganz leicht auf dem Gaspedal, so dass der Wagen rollt. Wie von alleine rollt.

Ich habe das Ziel aus den Augen verloren. Ich weiß, dass es hier kein Ziel gibt. Ich erschrecke über meine Teilnahmslosigkeit darüber. Sie scheint gespielt und ich erschrecke über die Teilnahmslosigkeit über das Nicht-Erschrecken. Es gibt ein Wohlgefühl im Sich-Gewöhnen und warum mich nicht ganz darauf einlassen?

Irgendwo am Rand der Straßenlinie tauchen Wände und Gestänge von ausrangierten Tankstellen auf. Ich weiß sofort, dass sie mein neues zu Hause sein werden. Die Schwingtüren stammen noch aus den Zeiten, als die Tankstelle in Betrieb war. Sie pendeln hinter mir in ihre Ausgangsposition zurück. Dahinter liegen keine Vorräume oder Flure. Da ist nur die Tür und vor mir breitet sich die Bürolandschaft in Weiß aus. Sie erstreckt sich scheinbar in alle Ferne.

Ja, ich kann mich einrichten in die Moppeligkeit der Arbeitenden hier. Sie kommen morgens und gehen abends und verströmen ihre Körpergerüche zwischen den Reihen von Schreibtischen. Ich versuche, mich in das einzuleben, was sie verbindet. Mit der Zeit könnte Zufriedenheit und ein Gefühl von Aufgehoben-Sein entstehen. Ich muss nur lange genug darauf warten.

Sie behandeln mich freundlich. Sie würden mich niemals abweisen. Sie haben mich schon in ihr Biotop aufgenommen, ihr Geschäfts-Biotop. Auch wenn ich noch dabei bin zu begreifen, wie es funktioniert. Es ist wie ein Suppenrezept aus dem weißen Resopal der Schreibtischflächen, den Ausströmungen der Bildschirmröhren, die in ihrer Metalligkeit an den Geschmack von Safran erinnern, vermischt mit dem Gefühl von Alufolie auf der Haut, das wahrscheinlich von den elektrischen Magnetfeldern herrührt, dem zu hellen Licht auf den Displays und dem Schlurfen zwischen den Bürorollstühlen.

Ja, ich kann mich daran gewöhnen. Ich muss es nur irgendwann verstehen und mit mir verbinden. Ich bin überzeugt davon, eine Überzeugung aus dem tiefen Innern. Ich schaue mich um. Alle sind über die ausgedruckten Blätter gebeugt, die vor ihnen auf den Schreibtischen liegen. Die nach unten gereckten Köpfe, die abgerundeten Rücken, die konzentrierten Blicke. Ich spüre, dass auch ich etwas darin finden werde, auch wenn ich noch nicht weiß, was.

Die Ahnung davon reicht mir. Da ist keine Unruhe, die ich beherrschen müsste. Da ist nur dieser ruhige Fluss, mit dem sie selbst nichts anfangen können. Der sie meistens trägt, abgesehen von gelegentlichen Einbrüchen. Man muss damit umgehen können.

Schmetterlinge

Sie ist verrückt. Es kommen immer neue Päckchen. Keine eigentlichen Päckchen, eher diese in weiße Plastikfolie eingeschweißten knautschigen Weichteile. Sicher ein Kleidungsstück. Immer ein Kleidungsstück.

Sie kennt keine Grenzen. Es übersteigt bei weitem ihr Budget. Das muss doch mal aufhören. Der nächste Tag und das nächste Päckchen liegt vor der Tür. Es umfängt sie mit der Aura von Vornehmheit und Erhabenheit. Gar nicht das Kleidungsstück an sich, sondern das Bestellen, die Ahnung davon. Der Zwischenraum zwischen Vorstellung und Erwartung, geädert, pulsierend, Energie versprühend. Der breite Strom von Vorwegnahme, schon so getränkt von Erfüllung. Es aus der Luft zu fischen wie einen bunten Schmetterling.

Gar nicht, um damit zu prahlen, sondern weil sie es kann. Es wird verfangen, das spürt sie. Bei Gelegenheit. Es zieht sie hinein.

Achselzucken

Abstände, immer wieder Abstände. Empfunden als Nicht-Abstände, auch wenn sich Kleidungsstücke dazwischenschieben. Ich hasse es, wenn Körper im Raum auftauchen wie aus dem Nichts. Als ob sie nie dagewesen wären. Dabei waren sie immer da.

Reine Überforderung. Ich spüre die Wärme, die sie ausstrahlen, und sauge ihre Gerüche ein. Es ist, als könne niemals etwas davon bei mir ankommen. Die Verdrängungsmechanismen funktionieren. Die Gestalten ragen gegen das Licht auf wie durchscheinende Schatten, wesenlos. Sie verschieben sich im Raum und ich verfolge ihre Bewegungen unter geschlossenen Lidern.

Von irgendwo aus dem Innern steigt eine Kraftreserve in mir auf und ich fange an, ihre Gesichtszüge zu mustern. Sie kommen mir bekannt vor. Ich verfolge ihre Annäherungen argwöhnisch. Sie scheinen freundlich zu sein. Das rechtfertigt mehr Argwohn. Ich will warten, ob sich das auflöst.

Ein rundes Gesicht, umrahmt von kurzen blonden Haaren. Es setzt sich neben mich auf das Korbsofa und wir bemühen uns, die Erwartungen zu niedrig zu halten. Es fühlt sich angenehmer als vermutet an, auch wenn ich mir wünsche, dass es es sich gar nicht anfühlt. Es fällt kein Laut und die Augen führen ein Gespräch, das den Vormittag aus seiner Lethargie zerrt. Wach, mit einer klaren Tiefe. Ein Feuerwerk mit der Taktung im Millisekundenbereich. Jede Regung wird aufgesogen und zurückgeworfen.

Ich dachte, der Glanz auf der Pupille würde mich überfordern. Er überfordert mich nicht. Ich habe nicht gewusst, dass das passieren könnte. Auch nicht, dass so viel Wärme daraus aufsteigen könnte. Wir bleiben unterhalb der Sprachgrenze. Ich überlege mir nicht, wie ich das finden soll. Wir nehmen es mit einem Achselzucken.

Die Anspannung zerfließt einfach dadurch, dass sich die Zeit verschiebt. Ist das der Beginn von etwas? Auch das überfordert mich und ich lasse es lieber gleichfalls zerfließen. Wer weiß, was daraus entstehen könnte und die Unbestimmtheit kriecht mir unter die Haut. Es prickelt.

Worte

Ich ziehe um die Ecken, hierhin und dorthin. Wahrscheinlich ist es der Zug, der sich selbst zieht und von dem ich nichts weiß. Ich suche nach den Ecken, die mich halten können, auch wenn ich sie niemals finden werde. Bis du mir das Papierbündel vor die Nase hältst von Transparentpapier. Blaue Worte darauf in einer geschwungenen Schrift.

Sie kennen keine Umrisse, nur Verdichtungen. Meine Augen folgen ihren Schwüngen und es erscheint Zufall, wenn daraus Bedeutungen entstehen. Deine Bedeutungen, an denen ich mich festhalten werde, auch wenn ich sie nicht erfassen kann. Ich fische sie aus der Leere der Luft und ihrer Durchsichtigkeit. Meine Finger und ihre Zwischenräume, Fischernetze, unvollkommene Instrumente. Das einzige, was mir zur Verfügung steht. Ich fische und fische.

Wenn es nicht die Worte sind, die mich halten können, dann eben der Blätterstapel. Nur ein paar lose Blätter, zusammengehalten von einer gargeligen Büroklammer aus angelaufenem Kupfer. Ich hüte ihn wie einen Schatz. Ich drücke ihn an meine Brust, egal, welche Kleidungstücke dazwischenliegen, und warte, bis die Worte zu meinem Inneren durchsickern und mein Herz erreichen. Ich muss nur warten. Und ich warte und warte. Du lässt mich.

Ich habe diese Großzügigkeit nie verstanden und wollte sie nicht an mich herankommen lassen. Sie ist zu mächtig dafür. Jetzt, wo ich sie wieder spüre, steigt das Flattern deines Körpers darin auf, das mich kirre macht. So fein gesponnen, dass ich es viel weniger an mich herankommen lassen kann. Das alles wird mir einmal zufliegen. Ich weiß. Irgendwann. Was sich unermesslich vor mir ausbreitet. Ich will erst deine Worte an mein Herz drücken. Sie erfrischen und erwecken alle Kraft in mir.

Lider

Zieht sie mich oder ich sie? Es gibt sowieso keinen Grund dafür. Es ist angenehm, mich ihm zu
überlassen. Ich mag dieses Gefälle in der Zeit
nicht, aber wenn sie sich danach sehnt. Sie findet
ihre Freiheit darin. Das, was sie loslassen kann.
Es ist ein hellgrauer Zug, durchscheinend, in dem
sie mich aussaugt und sich wiederfindet.
„Warum hast du das nicht gleich gesagt?"
Ich wage nicht, meine Lider zu heben, und spüre
dem Strömen nach, dem nie versiegenden Strömen. Als sie sich aufrichtet, fällt mir ihr Körper
auf, ihr junger alter Körper, in dem so viel Sehnen und Verlangen schwingt. Es umspült und
umfängt mich wie ein wehendes Seidentuch. Ich
will ihre Wärme darin spüren, ihre tastende Wärme. In ihr liegt so viel Stärke. Sie wird mich mit-
reißen und ich werde mich ihr überlassen.

Schafherde

Sie ist nicht da. Sie wird nicht kommen, auch wenn die Erwartung davon angefangen hat, sich aufzulösen. Darin öffnet sich der Raum in seine Unbestimmtheit und ich kann mich nicht zurückhalten hineinzutasten. Der Direktor, meine Mitschüler, sie verschieben sich darin wie Holzfiguren im Spielwerk einer alten Turmuhr, schal, verwittert und trotzdem konsistent. Die Farben ihrer Oberflächen bröseln und brennen in meinen Augen. Die Patina der kräftigen bunten Farben, die einmal waren.

Sie dienen dazu, um doch noch ihr Erscheinen hervorzurufen. Rufe in den Weltraum von Sternschnuppen, die sich eine um die andere darum drängen zu verglühen, immer nur zu verglühen. Sie kann jetzt nicht mehr widerstehen. Ich habe mir ihre Gestalt so lange vorzustellen versucht und wusste, dass keine dieser Vorstellungen zutreffen würde. Umso mehr, als sie jetzt ohne Umrisse auftaucht, körperlos, als reine Vorstellung ihrer selbst.

Sie allein bestimmt, wie lange das so gehen soll, auch wenn es ihr egal sein kann. Dann eben doch Umrisse. Ein zu weiter Mantel aus Filz ganz gegen ihre Gewohnheiten und das Unbehagen ihrer Gestalt darin. Kein wirkliches Unbehagen, sondern nur das sich darin Zurechtstreifen. Es ist ihr lästig, sich damit abgeben zu müssen. Wichtigeres wartet. Das Baby und die Schüler. Und jetzt eben die Schüler.

„Verschwinde!"

Damit bin ich gemeint und mein übertriebenes Verantwortungsgefühl, getränkt von Zuneigung. Ich habe es nie an mich herankommen lassen, es war zu kompliziert und sie konnte nicht so weit gehen. Für sie war es ein Drahtseilakt, den sie vollkommen beherrschte. Ein Lächeln und dann die Stunde. Das Schweifen ihres Blicks über die Köpfe im Klassenzimmer wie über eine Schafherde und die Genugtuung, die darin lag. Ich bin darin vergangen.

„Alors, commençons avec la leçon!"

Sie badete in den Cédilles. Die streng gescheitelten dunklen Haare, so streng zusammengebunden, dass ihre Kontur sich nicht von der Kopfform unterschied. Schwarz glänzend, so schien es. Ein kleiner Knoten am Hinterkopf. Das Stammeln der Mitschüler beim Vorlesen. All das weht mich an, als sie jetzt vollständig in Erscheinung tritt. Der Seitenblick auf das Baby in den Armen ihres Mannes. Es wird alles gut gehen. Der Unterricht kann beginnen.

Interessierte Fische am Grund, gestreift

Plätze

Ich hasse die leeren Plätze. Auf einer Tribüne oder so. Sie sind verlassen worden. Wo sind die Leute, die auf ihnen gesessen haben? Ich könnte jede einzelne Person aufzählen und ihre Eigenarten. Was mich an ihr angezogen und abgestoßen hat. Es war vielschichtig. Vielleicht zu vielschichtig und im Grunde nicht nachvollziehbar. Es lag nicht an mir. Und doch suggerieren sie mir, dass es mit mir zu tun hat.

Das alles ist dadurch noch vielschichtiger geworden, dass sie jetzt weg sind. Das Schwierige an ihnen und an mir hat einer unmöglichen Leerstelle Raum gegeben. Ich martere mein Gehirn, um sie auszufüllen. Es hat mit ihnen und mit mir zu tun und die Leere, die daraus entsteht, saugt sich in sich selbst hinein.

Jeder einzelne Platz könnte seine Geschichte erzählen. Er tut es auch und plappert vor sich hin, ja plärrt sogar. Ich brauche sein Plärren nicht und lausche darauf ohne Kontrolle. Ich muss es hören. Die Höhen der Töne, das Ziehen, das sich in sich selbst verzieht. Das mich verzieht in die leeren Plätze hinein.

Fahrt

Ich habe sie immer gesucht. Dabei hatte ich sie längst gefunden. Ich bin Teil von ihnen und war es immer schon, auch wenn ich es nicht gewusst habe. Ihre Körper in weißen Kleidern sind fremd für mich, so kräftig und robust. Sie bieten mir an, mit ihnen mitzufahren.

Eine Fahrt, von der ich nichts wusste, und diese Einladung kann ich nicht ausschlagen. Ich werde jetzt endgültig zu ihnen gehören, auch wenn niemals vollständig. Ganz am Ende der Reihe streckt sich eine Hand zu mir aus, um mich mitzuziehen. Ich spüre ihre Wärme, das Stampfen der Körper, die die Welt umschließen, um sie für sich erträglich zu machen.

Die ängstlichen Augen, die daraus hervorschauen, schmieden Pläne und diese Pläne werden greifen, auch wenn sie scheuen wie Wildpferde. Mir bleibt nur, mit ihnen mitzugaloppieren wie in einem Sturm. Ich, der ich mich lieber an allem festhalten würde, aber nun loslassen muss. Denn ohne Loslassen gibt es kein Schwingen.

Da steht sie vor mir, die Wand von Körpern in weißen Kleidern, die sich aneinanderdrücken und gleichzeitig frei fließen. Die sich gegenseitig taxieren mit weit geöffneten Augen. Es ist die Angst vor sich selbst und vor dem, was kommen mag. Wer könnte keine Angst davor haben? Wenn ich es mir eingestehen könnte, könnte ich mich geborgen fühlen in dieser Wand. Doch ich will weg hier und weiß nicht warum. Das Strömen zwischen ihnen und mir will mich trösten und tut es auch. Ich werde mich ihm überlassen und begrüße es von weitem.

Ihre Scheu wird verfliegen, auch vor sich selbst. Das Weiß der Kleider wird sie wegwischen wie die Strudel eines Gebirgsbachs. Der Schweiß, der ihre Schläfen und Haare verklebt, wird im Steppenwind verfliegen. Ich werde Teil davon sein und mit ihnen galoppieren.

Morgennebel

Wir lösen uns aus dem Pulk und darin liegt etwas Harmonisches, denn wir gehören zusammen. Doch der Pulk ist der Pulk und er kann niemals etwas Anheimelndes haben. Eintauchen, Aufgekratzt-Sein, eine kurze Dauer von Strudel und Sprudel und dann abreißen, unausgesprochen.

Das nur leichte Vibrieren der Luft wie von Bewegungen von Handflächen, die vorsichtig und fast die Haut berühren. Oder doch nicht. Die Leere, aus der die vertrauten Verbindungen wehen. Die zusammen verbrachte Zeit, die aus weißen Morgennebeln aufsteigt. Nebel, die vor dunklen Waldsäumen ruhen und nicht wissen wohin mit sich.

Ich kenne sie gut. In ihnen liegt Vagheit, zu viel für meinen Geschmack. Wo werden sie die Grenze ziehen zwischen Vertrautheit und weniger Vertrautheit? Ich werde in diese Zwischenräume fallen und irgendwo darin wird ein Halten sein.

Traumhaft

Ich hatte schon immer Vertrauen in die Instrumente und kein Vertrauen. Das kalte Metall, die Oberflächen aus Stahl und Chrom, ihr Eindringen unter die Haut und das Auge, das in meinem Fleisch wühlt. Ich spüre deine Hand. Sie hält meine umschlossen und übt gerade so viel Druck aus, dass ich mich gehalten fühle.

„Lass nicht los!"

Es ist kindisch. Ich habe ja die Erinnerung an unsere Geschichte und halte sie ganz fest. Ja, ich kann vertrauen. Vertrauen, weil du das Eisen führst und weil es moderne Instrumente sind. So modern, dass es sie bis vor kurzem noch gar nicht gab. Sie ermöglichen Untersuchungen und Ergebnisse, traumhaft. Die zu Sicherheiten führen, die mir eine unbeschwerte Zukunft schenken werden. Die vergnügte Zeit wird sich vor mir ausbreiten und wir beide sind zuversichtlich. So zuversichtlich und ohne Zweifel.

„Du hast den Termin!"

Ich möchte dich umarmen und tue es auch - in der Vorstellung. Auf diesen Krankenhauskorridoren ist kein Platz dafür. Der Boden glänzt mehr,

als er sollte, und die Türreihe zu den Krankenka-
ninchenställen lauert.

„Du wirst der Übernächste sein."

So bald. Es schauert mich bei der Vorstellung
und ich versuche, mich zu arrangieren. Ich falle
in eine Art Trance, die darin besteht, es von mir
wegzuschieben und mir vor Augen zu führen. So
lange, bis es Teil von mir geworden ist.

„Ich weiß, du bist beschäftigt. So sehr beschäftigt. Da ist noch der andere vor mir. Und er ist
sicher nicht der einzige, mit dem du dich abgeben musst."

Mir bleibt das Glänzen des Korridorbodens und
ich versuche, mich davon abzustoßen, nur ein wenig. Die Zeit fällt in die Instrumente, in ihr kan-
tig abgerundetes Metall. Sie werden ebenso in
mich fallen und mir Sicherheit verschaffen. Eine
dunkle schwere Sicherheit.

14,95

Du musst dich nicht hinter dem Tresen herum-
drücken, als ob du dich verstecken wolltest. Ich
habe dich längst bemerkt. Wenn auch viel später
bemerkt als du mich. Ich spüre deine Unruhe. Du
hast keinen Grund dazu, finde ich. Aber nur, weil
ich dich nicht verstanden habe.

Das alles rückt deine Impulsivität für einen Mo-
ment in den Hintergrund. Ich habe diese Jacke
nicht gebraucht. Es geht nicht um einen weiteren
Kauf. Es liegt etwas Schales darin wie der Geschmack von Zucker, wenn er die Mundhöhle
auskleidet. Ich bin noch nicht zu dem hindurch-
gedrungen, was du bei mir auslöst.

„Warum nicht schon früher?"

Du strahlst mich an. Wieder an wie schon immer. Es macht mich unruhig wie schon immer.
Obwohl ich weiß, dass ich nichts zu befürchten
habe.

„Schau!"

Du hantierst mit den Daunenjacken herum und
bildest dir nichts ein auf deine Geschicklichkeit.
Das wäre zu banal. Ich habe immer noch nicht
verstanden, was mich bei dir antreibt.

„Versuch es doch! Du wirst es schon hinbekommen."

Diese Jacke hat mit dir zu tun. Ich habe schon genug Jacken. Der Kauf vollzieht sich wie ein Automatismus und die Frage des Geldes stellt sich nicht. Du betrachtest meine Finger, wie sie den Geldbeutel durchsuchen. Deine Großzügigkeit beschämt mich. Das Geld ist dir egal. Es scheint dir nur um das Abzählen zu gehen.

„Mit Karte?"

Ich habe die Scheine schon in der Hand. Ich die Scheine und du die Jacke und das Wechselgeld. Es liegt in deiner Handfläche wie eine Zumutung und ist doch notwendig.

„14,95 oder so und komm bald wieder."

Die Jacke ist zu sperrig für die Papiertüte. Sie sind so konzipiert. Für diesen einen Augenblick. Damit dieser eine Augenblick nicht passiert. Er schiebt sich in die Ewigkeit. Jacke und Tüte und Geld spielen keine Rolle. Das Wechselgeld in deiner Hand, aber es wird noch warten.

Sekundär

Es gibt Probleme, von denen ich nichts weiß. Ich hänge hier an der Theke ab und die Vorstellung von Cappuccino steigt in meinem Mund auf, dieser warmen braunen Milch. Zwischen Zunge und Gaumen. Er erfüllt mich mit viel mehr, als es ein lapidares Getränk könnte. Warum erweckt er in mir solch eine Sehnsucht?

Ich bin umringt von Menschen, so dicht. Ein Badewannengefühl und ich versuche, das eng Anliegende dieser Flüssigkeit von mir wegzuschieben. Er rattert spanische Wörter.

„... taktaktak salsa taktaktak...“ Salsa muss Spanisch sein. Ich verstehe seine Anspannung. Sie sprechen doppelt so schnell. Also müssen sie auch doppelt so schnell denken und doppelt so angespannt sein. Das macht mein Denken nur langsamer. Meine Gedanken trielen vor sich hin und geradezu in die Leere hinein, angefüllt von sprechenden Mündern, lackerndem Spanisch und der Mechanik der Kaffeemaschine.

Ich habe Eckhardt irgendwo in dem Strom von Zeit verloren, den Nicht-Begegnungen und der Menge da drüben. Er durchpflügt die Wogen seiner Abschiedsgesellschaft mit dem Tablett flammender Herzen. Er will sie loswerden und verteilt sie großzügig. Ich hatte ihn schon vom ersten Tag an verloren, obwohl er interessant auf mich wirkte. Irgendwas muss dann doch nicht so interessant gewesen sein, dass er Interesse an mir fand. Sein Bart beschäftigte mich, ohne dass es in mein Bewusstsein drang. Durchfurcht von Grau, schon damals, und die Haare machten einen zu borstigen Eindruck.

„Nimm noch ein Stück!"

Seine Augen fixieren mich einen Augenblick. Sie wirken müde. Er zwingt sich, sie auf mir ruhen zu lassen. Zum Glück ist die Platte mit dem Sandgebäck und dem Schokoladenüberzug in seiner Hand noch da. Mein Blick weicht darauf aus. Als ich aufschaue, hat er sich abgewendet.

Ich warte noch auf den Cappuccino. Der spanische Kellner wird sein Problem bald gelöst haben, auch wenn er nicht weiß, wie. Seine Linke bedient die Mechanik. Sie sind ineinander geradezu wie in eine Apparatur integriert und die Hand weiß, was zu tun ist. Vielleicht findet sie einen Ausweg. Ich bin gespannt darauf und mir wird bewusst, dass der Cappuccino sekundär ist. Dann merke ich, dass es Naturen gibt, die so viele Kapazitäten haben, dass es nichts Sekundäres gibt. Alles geschieht gleichzeitig. Und ich träume davon.

Umrisse

Ich taste nach euch.

„Hallo!"

Wenn ihr schon keinen Zusammenhang finden könnt, warum taucht ihr dann ständig vor mir auf?

„Hört auf damit!"

Eure Umrisse zerfallen in einem fort und setzen sich ebenso wieder zusammen. Schlanke geschwungene Formen wie Fadengebilde, die nach ihren Enden suchen. Ihr stolpert vor euch hin und erschafft euch neu wie auf einer Plantafel. Ihr gaukelt mir vor, dass es zwischen euch irgendwelche Verflechtungen gäbe.

„Halt!"

Ich lechze nach der Verbindung mit euch. Ich fahre eure Linien in meinen Vorstellungen nach, während ihr vor mir hertrottelt, sich eure Umrisse auflösen und wieder Konturen gewinnen. Wolkenfetzen, die sich nicht entscheiden können.

„Nehmt mich mit!"

Meine Hand will nach euch greifen, doch ihr setzt euer Spiel trotzig fort. Zinnsoldaten in eisernen Rüstungen, die zerfallen und immer wieder neu in ihre Form gießen.

Fugen

Der Fahrweg liegt offen vor mir und ich spiele das Spiel der Fahrrad-Pneus, die über Knochenpflaster rollen. Ein Spiel von Gummi auf Steinfugen. Regelmäßiges gedämpftes Klackern in kurzen Frequenzen, so stumm, so demütig, dass es sich in sein Erbeben auflöst.

Würden da nicht die Körper vor mir aufragen. Sie laufen in nicht zu weiter Entfernung vor mir her, eine Gruppe von drei oder vier Erwachsenen, flankiert von Kindern, dem Element der Unkontrolliertheit an sich, wenn auch nicht bedrohlich. Der Weg ist nicht breit. Ich nähere mich ihnen von hinten in voller Fahrt, wenn auch nicht so schnell, wie ich sollte. Das Spiel von Raum, Abstand und Bewegung will durcheinander geraten.

Was sollte ich anderes tun, als mich darin immer weiter voranzuschieben? Es wird sich schon eine Freiheit darin eröffnen, durch die ich hindurchschlüpfen kann. Der Mann schaut sich zu mir um. Sein düsterer Blick taxiert mich. Es liegt etwas Herausforderndes darin. Der Nachmittag erschien harmlos und das Fahrrad kann sich noch nicht entscheiden, wie es mit den Auflösungen zurechtkommen soll.

Köstlich

Sie sind mir wohlgesonnen, auch wenn sie mir fremd sind. Ich kann ihnen vertrauen. Ihre zu dicken Mäntel irritieren ein wenig oder ich bin noch nicht in der Jahreszeit angekommen. Sie drängen sich vor den Auslagen und der Ort hier ist ihnen vertraut. Die Knusprigkeiten, auf die sie es abgesehen haben, riechen verlockend. Zumindest so viel habe ich verstanden.

Ich will Teil hiervon sein oder die Knusprigkeiten Teil von mir. Sie werden köstlich schmecken, auch wenn ich sie erst auf der Fahrt probieren kann. Alles hier wirkt auf mich, als sei es von Brauntönen überzogen, die ich nicht richtig unterscheiden kann. Gebäck, gebrutzeltes Fleisch, das abgewetzte Holz des Verkaufstresens und der Filz der Mäntel, die aneinander reiben.

Alle wollen drankommen und nicht drankommen. Das Verharren in diesem Raum scheint verlockender als jede Flucht in ein anderswo. Die Hintergründe schälen sich aus den Undurchdringlichkeiten heraus, die die Öfen von sich geben, altertümliche Metallungetüme aus schwarzem Gusseisen und lodernden Öffnungen. Sie verstehen ihr Handwerk hier und huschen davor herum.

Ihre Handgriffe sind auf's Feinste abgestimmt und zielen darauf, die Regeln exakt einzuhalten, um genau die Köstlichkeiten zu erschaffen, nach denen sich alle sehnen. Sie vollziehen sich im vernebelten verdunkelten Raum, der sich vor uns öffnet. Nicht um irgendwelches Wissen zu verschleiern, sondern weil auf die Spitze getriebene Kunstfertigkeit nur im Dunkeln stattfinden kann.

Ich bin dabei auszuloten, wie vertraut ich mich mit ihnen machen kann, ohne dass ich es merke. Ich bin der andere zwischen allen anderen hier. Ich stamme nicht aus diesem gewachsenen Einverständnis, in dem durch lange Zeitschichten hindurch die Regeln ausgehandelt wurden.

Ich zeige auf die Hähnchenkeule und weiß noch nicht einmal, ob ich dran bin. Der bärbeißige Verkäufer nimmt Rücksicht auf meine Unbeholfenheit. Vielleicht ist es auch das Unrasierte in seinem Gesicht. Er ist kein Unmensch. Viel weniger Unmensch, als ich mir vorstellen kann. Alle rücken für mich ein Stück zur Seite, um den Platz zu schaffen, den ich sowieso schon in Anspruch nehme.

Die Keule wird köstlich sein. Die Frage, was köstlicher ist, die Vorfreude oder der Genuss, stellt sich nicht, zu überfordernd. Vielleicht will ich nur dazu gehören und wieso sollte ich mich sonst hier hineingeschoben haben? Das Abzählen des Gelds will nicht klappen. Ich durchstöbere den Geldbeutel, aber er will den Gegenwert einfach nicht preisgeben.

Diese Widrigkeiten sind nur Ausdruck meines Verlangens, auch wenn ich den Verkäufer dazu brauche und die Rücksicht der Wartenden. Sie alle waren vor mir dran. Ich werde lernen, mich in ihre Aufstellungen und Arrangements einzusortieren, in ihre Gerüche und Geschmäcker. Ich werde von dem kosten, was sie über alles andere schätzen, auch wenn der Zug schon auf mich wartet. Ich werde zurückkehren und Teil von ihnen sein. Nicht Teil wie sie, aber Teil.

Weiße Gewänder flattern
lichtdurchtränkt

Grate

Ich mag schüchterne Männer, obwohl. Zu schüchtern sollten sie auch nicht sein. Er bewegte sich immer auf der Grenze und ich glaube, ich war mehr mit der Grenze beschäftigt als mit ihm. Und so habe ich ihn vielleicht nie ganz erreicht. Es ist schön, mich auf ihn einzulassen und auf seinen Wegen zu gehen. Vielleicht finde ich darüber Zugang.

„Komm!"

Es scheint so leicht. Der Weg ist schwierig, Hochgebirge oder - Niedriggebirge. Die Felsen erheben sich zerklüftet, wären da nicht die einbetonierten Metallleitern. Mich an die Hand zu nehmen, würde zu viel Nähe bedeuten. Ich folge ihm auch so, seiner ausgemergelten Gestalt. Wir bewegen uns auf verschlungenen schwierigen Pfaden, die ich allein niemals gehen würde.

„Du weißt, ich habe keine Zeit für das hier. Wir gehen noch ein Stück."

Ich folge gerne. Manchmal kann ich den Himmel kaum aus der Tiefe der Schlucht erkennen. Dann wieder klettern wir über schmale Felsgrate, scharfkantig. Ich würde mir niemals anmaßen, ihm helfen zu wollen, auch wenn er hinfällig erscheint. Nur er kann mich hier herausbringen. Eigentlich will ich gar nicht hier heraus, auch wenn ich nicht weiß, was ich hier drin soll. Es ist das Unbekannte und das Überraschende.

„Fühl dich nicht zu sicher. Nur ich kann dir helfen."

Die Worte sind umhüllt von einem Überzug aus Unsicherheit und das macht mich nicht gerade zuversichtlich. Also lasse ich mich treiben, in deine Wege hineintreiben. Du wirst mich hier herausführen und wenn nicht, werde ich irgendwo angeschwemmt werden.

Wer weiß, an welchem Strand. Sicher ein weißer Sandstrand mit Palmen und türkisfarbenen Wellen, die mich umplätschern. So jedenfalls fühle ich mich jetzt schon, ich weiß nicht woher. Es kann ja nur von dir kommen.

Fort

Es muss ein glücklicher Augenblick gewesen sein, auch wenn ich mich nicht erinnere.

„Greif mich!"

Ich streifte durch Wiesen, ebenso wie du, unverständig, der Winter naht. Ich weiß nicht, wie du in meine Hand geraten bist oder meine Hand zu dir. Du fühltest dich glücklich darin an. Mein Glück, auch wenn ich solches Glück niemals gefühlt hatte. Es war ein fremdes Glück aus einer unergründlichen Tiefe, die du niemals preisgeben würdest. Das spürte ich sofort und du versuchtest, dich zu entwinden, von Anfang an.

„Greif mich!"

Wie soll das zueinander passen? Da blieben nur das Greifen und das Entwinden, die das ganze Dasein ausfüllten. Sie schienen zueinander zu gehören, füreinander geschaffen. Die ganz leichte Schuppigkeit, mit der sich deine Haut an meiner Haut festhielt, um sich freizustrampeln. Immer strampeln.

„Halt mich!"

Deine Knochen spüren unter der Haut, die fortstrebten, und das Fleisch irgendwo dazwischen.

Nebensonne

Du spazierst hier einfach so herein, weil du es kannst. Mit dem Schlüssel in der Hand, dem Schlüssel zu unserer Tür. Es ist dein Schlüssel, auch wenn du nicht hierher gehörst. Deine Augen gleichen dem triefenden Hellblau des Sommerhimmels, leicht verschleiert. So stark verschleiert, dass es schon ins Weiß kippt. Sogar ganz schön ins Weiß kippt.

„Hallo!" strahlst du uns an, als ob es das Selbstverständlichste wäre. Als ob es deine Wohnung wäre. Dabei ist es unsere Wohnung und du hast hier drin nichts verloren. Du bewegst dich so zwanglos durch sie hindurch, dass mir schon Zweifel kommen. Unsinn!

„Woher hast du den Schlüssel?"

Die Augenbrauen heben sich kurz, der Ansatz eines Zwinkerns. Du schiebst die Linie deines Körpers in die Wohnküche, als ob du dich heimisch machen wolltest. Du taxierst das ausgesessene Leder des Zweisitzers und die unbeholfen aufgebaute Stereo-Anlage aus den Siebzigern. Die Küchenzeile interessiert dich nicht.

Von dir strahlt Licht aus wie von einer unauffälligen Nebensonne, zurückhaltend, nur unterschwellig wärmend. Nein, das ist das letzte, was du willst: auffallen. Am liebsten würdest du die ganze Wohnung durchstreifen und durchstöbern und natürlich hätte es sich besser getroffen, wenn wir nicht dagewesen wären. Du wendest deinen etwas zu kugelförmigen Kopf nach links und rechts. Aber da steht nur der kleine Sekretär und in seinen Schubladen liegen die Vorratsbehälter und Butterdosen. Das dürfte dich wirklich nicht interessieren.

Trotzdem hast du hier alles zu deinem eigen gemacht einfach durch das, was deine Körperoberflächen verströmen. Der schmächtige Körper an sich kann es nicht sein und auch nicht das Sommerhemd, das zu lommelig an dir herabbaumelt.

„Woher hast du den Schlüssel?"

Eine Frage, die beginnt, dich zu langweilen. Also warum darauf eingehen? Heutzutage ist alles verfügbar. Warum nicht auch ein lapidarer Wohnungsschlüssel? War es Zufall? Das weißt du selbst nicht. Aber interessant schaut es hier schon aus. Auch wenn du nicht weißt, warum und wozu. Und wenn sich das Interessanteste nicht wegbewegen lässt.

Die Patina unserer Körper, Gespräche und Gedanken, die hier alles überzieht. Du lässt wieder deine Blicke wandern, auch wenn du weißt, dass du nicht hierbleiben wirst, und dich unsere Aufgeregtheiten nicht erreichen. LP's sind immer gut, aber du hast einen anderen Geschmack.

„Es war schön, mal vorbeigeschaut zu haben."

Das sagt mehr deine Schulterhaltung, die hängenden Schultern, und die Augenbrauen. Aber wir sind erleichtert. Obwohl, nicht ganz erleichtert.

Reim

Dein Körper schüttelt sich und ich weiß nicht, warum. Der Nachmittag verlief abgezirkelt und chaotisch wie gewohnt und ich ließ mich von den entschiedenen Ellbogenstößen tragen, die mich umgaben.

In deinem Gespräch schautest du mich ein bisschen zu oft an. Das war ich nicht gewohnt und ich dachte mir nichts dabei. Auch nicht, dass ich mir keinen Reim daraus machen konnte. Als du deinen Mund auf meinen drücktest, fing ich an zu verstehen, dass es keinen Reim geben musste. Aber ich war weit davon entfernt zu ahnen, welchen. Und so ließ ich mich hineinziehen. Vielleicht würde ich irgendwann dahinter kommen.

Nun sitzt du vor mir und wirst von dir selber durchgeschüttelt. Ich hocke noch genauso ahnungslos daneben, ohne zu wissen, was es bedeutet und was auf mich zukommet. Die Sitznachbarin sieht mich schon vorwurfsvoll an. Vielleicht weiß sie etwas. Ganz sicher.

Fallen

Manchmal reicht es, mit vertrauten Körpern zu leben, auch wenn das, woher die Vertrautheit kommt, längst verschwunden ist. Sie hat sich einfach festgehalten.

Umrisse durchstreifen in weißen Gewändern das Licht und strahlen Wärme aus, durchscheinend und fest. Ich fühle mich von starken Armen gehalten, so stark, dass es sich unerträglich anfühlen könnte.

„Mach dein Bett!" sagen sie.

Das ist nicht nötig. Ich bin längst in ihre ordnenden Handgriffe eingetaucht und vollziehe sie intuitiv nach, ohne zu wissen, wie die Übertragung funktioniert und wie ich sie verhindern könnte.

Ich will sie gar nicht verhindern. Sondern nur eintauchen in das Weiß der fallenden Gewänder. Ich glaube, sie bestehen nur aus Licht. Das Fallen will sich mir nicht erschließen. Ich weiß, es wird mich tragen in alle Zukunft und ich überlasse mich ihm ganz.

Derwisch

So viel Befreiung war nie.

„Komm jetzt!"

Du nimmst den Jungen an die Hand. Er kennt kein Draußen und auch du kannst dich kaum erinnern. Da war immer nur die Weichheit der Läufer in den prachtvollen Gängen, die das Weiß abstrahlen wie Licht.

„Ja, nimm!" flüsterst du mir zu, als ich dir den Teddybären gebe, so weich, dass er in sich zusammenfällt. Und das soll jetzt den Ausschlag gegeben haben? Ich habe schon so viele Anläufe unternommen.

Du gleitest die Treppe hinunter wie Segeln und lachst dabei, egal, ob der Junge etwas damit anfangen kann. Er hat dich ja noch nie so gesehen im weit fallenden Derwisch-Gewand. Du verdrehst dir einfach die Welt, egal, ob der ganze Kram um dich herumpurzelt. Der ganze Kram, den du jahrelang gesammelt hast.

Der Zauber eines Abends auf dem Wasser kann alles verändern. Wir lesen uns gegenseitig unsere Worte vor und lassen die Geschichten in den Nachthimmel aufsteigen.

Eisen

Wir kennen uns hier aus. Wir konnten uns immer aufeinander verlassen. Selbst, als das Feuer so gewöhnlich wurde, dass es zum Freund geworden schien. Es war ja nur Zufall, ob es hier oder dort aufloderte. Die Luft hatte sich so aufgeheizt, dass es jederzeit aus dem Nichts aufzüngeln konnte und sie nur eine andere Nuance von Rot annahm.

Das Raumschiff über uns zerbrach und wir wussten nicht, welche Eisenscholle sich als nächstes ablösen würde. Ich winkte nur nach oben, als ich auf einer von ihnen Hein sitzen sah. Er hatte mich gefühlt mein ganzes Leben lang begleitet von der ersten Schulbank an, auch wenn wir uns irgendwann aus den Augen verloren.

Ich winkte zu ihm nach oben. Zu viel Höhe, um sicher landen zu können, besonders bei einem solch massiven Metallbrocken. Ein Wunder, dass er sich überhaupt in der Luft halten konnte und doch wurde er wie ein Segelboot in der orangefarben wabernden Luft abgetrieben. Ich glaube, er konnte sicher dort hinten aufsetzen. Kein Ahnung, wie er es machte, oder es kam nur schlicht von dem Eisen.

Mach weiter

Ich habe ihr Wesen nicht verstanden.

„Folg mir!"

Sie führt mich an einen Ort, der harmlos erscheint. Alles hier vollzieht sich in einem gedämpften Strom. Alle Oberflächen sind dazu geschaffen, Reize zu verschlucken, auch wenn es nur das Aufsetzen des eigenen Körpers ist.

Ich folge ihr nicht. Sie hat nichts mit mir zu tun. Sie hat sich längst in der Durchsichtigkeit der Luft aufgelöst. Ich glaube, ihr Schatten eilt an den Wänden entlang. Ich könnte die Hand nach ihm ausstrecken.

„Warte!"

So viel Nähe ist mir nicht geheuer. Ich will lieber in meine Schwere zurückfliehen. Dort erwartet sie mich und blickt mich aus harmlosen Augen an. Sie lümmelt auf dem Kissen und schaut erwartungsvoll.

„Und? Worauf wartest du?"

Dann eben nicht. Der Rückweg verläuft verheißungsvoll. Noch bleibt sie in meinem Rücken. Die Tür winkt, nur ein paar Meter noch. Sie aber, die sich in den Wänden zu bewegen scheint, hat mich längst überholt und baut sich vor mir auf, breitbeinig. So eine zierliche Person.

„Du kannst nicht an mir vorbei!"

Dabei wirkt es, als könne ich durch sie hindurchschauen. Sie verströmt die Energie eines starken Magnetfelds. Sie streckt die Hände aus, um mich auf Abstand zu halten. Dabei wollte ich gar nicht.

„Komm mir nicht zu nahe!"

Warum stellt sie sich dann in den Weg? Ich versuche, ihre Umrisse zu begreifen. Es ist nur der Anfang und ich fühle, dass der Anfang niemals enden wird. Ihre Hülle aus reiner Klarheit und trotziger Gestalt. Undurchdringlich und unzugänglich für jedes Ertasten. Berühren in Gedanken. Ich will nicht aufhören, dich zu verstehen.

„Mach weiter!"

Jeder Schritt bringt mich dir näher, auch wenn ich dich nie erreichen werde.

„Gut! Dann ist es so!"

Oberflächen

Ich habe nicht gesucht. Seine Sachen liegen zwischen meinen Sachen und ich habe meine Finger nicht unter Kontrolle. Das Metall fühlt sich fremd und verlockend an, von Schwarz getränkt, es hat mit Klängen zu tun. Ich hatte keine Ahnung, so verlockend.

Die Kühle des Metalls dringt bis unter die Haut und ihre Kanten durchfahren mich und werden Teil von mir. Ich kann sie nicht mehr loslassen, egal. Auch wenn mich meine Schritte jetzt in die Küche tragen. Ein verräterischer Ort allein durch die Metallkästchen in meiner Hand.

Er wird noch eine Weile nicht kommen und ich koste die Zeitspanne aus, in der ich nicht in Verlegenheit gerate. Ich denke nicht daran, sondern koste es aus, mit ihnen allein sein. Meine Fingerspitzen streichen über ihre Oberflächen. Ich lasse mich in sie versinken, so sehr, dass ich mich selbst darin verliere. Sie werden immer mein sein.

Abgeschliffen von Berührungen

Zivilisation

Schichten, immer nur Schichten. Mir sagte mal jemand, Zivilisationen schichten sich in Schichten übereinander. Ich glaube, er hatte etwas mit Archäologie zu tun. Und dann sei es ihr Job, die Schichten wieder voneinander zu lösen, hauchdünn. Und alle Erklärungen in dieser Folie zu finden.

„Wo hast du die Walnüsse?"

„Auf dem Schrank. Du weißt doch."

Eine typisch überflüssige Frage von Marc. Vielleicht habe ich sie mir auch nur eingebildet. Es ist immer wenig Platz zwischen dem Schrankdach und der Zimmerdecke. Er ist vollgemüllt mit alten Zeitungen und Zeichnungen und irgendwo dazwischengezwängt die Walnussschachtel, auch schon zu einer dünnen Schicht zusammengepresst wie eine Zivilisationsschicht.

Marc ist immer ungeschickt und ich verfolge seine fahrigen Handbewegungen, wie sie in dem Blätterkruscht herumtasten. Ich könnte helfen. Er wird es auch allein schaffen. Er mag nicht, dass ich ihm helfe. Ich habe es mir abgewöhnt.

„Still!"

Er legt den Finger an die Lippen. Sie schleichen lautlos wie ein feiner Luftstrom durch einen Spalt im Windfang herein. Sie suchen nach einem Versteck. Vorhin in den Katakomben habe ich sie auch schon bemerkt. Es gibt nie genug Verstecke für sie. Sie haben sich längst an die Zivilisationen angepasst und gelernt, sich zwischen die zusammengequetschten Schichten zu pressen. Das müssten sie hier gar nicht. Trotzdem bewundere ich die Erhabenheit ihrer Umrisse.

„Schau nur!"

Nachkommen sehr alter Löwen von assyrischen Stelen oder norwegischen Stabkirchen. Nur die Proportionen verlaufen noch schlanker und geschwungener. Ich fahre sie liebevoll mit meinen Blicken nach, als ob ich sie mit den Fingerspitzen berühren könnte.

„Still!"

Triebwagen

Alles an uns ist falsch hier. Das spüren wir selbst am allermeisten.

„Lauf!"

„Da steht keine Uhrzeit dran."

Wir laufen, obwohl wir nicht wissen, wohin und warum. Die Oberfläche des Bahnsteigs erstreckt sich zu weiß und zu glatt, ganz entschieden. Die Umstehenden sind auch keine Hilfe. Sie wirken teilnahmslos, ohne dass ich auf ihre Blicke achten könnte. Ich weiß nicht, was sie hier treiben. Betrachten sie den Himmel, die Palmenstämme oder die weißen Flächen der Bahnsteige? Oder schauen sie nur nach innen? So unbeweglich stehen sie.

Der Bahnsteig knickt nach links ab. Eine Dachkonstruktion aus Stahl öffnet sich über ihm und dunkelt alles darunter durch getönte Glasscheiben ab. Sie kennen sich aus hier mit dem Licht des Südens. Das Dach schiebt sich flach und in einer geraden Linie scheinbar bis zum Horizont vor. Darunter türmt sich unmittelbar vor uns ein Triebwagen auf.

„Lauf!"

„Ist das der richtige Zug?"

Dafür ist keine Zeit mehr. Die Wagentür schiebt sich auf und wird sich gleich wieder verschließen. Seitlich hinter ihr steht sie, kerzengerade. Ihre Gestalt im dunkelblauen Uniformkostüm aus feinem Wollstoff, wie sie es nur im Süden können. All ihre Kunstfertigkeit ist darin eingewoben. Ihre Geduld und sogar ihre Liebe. Ein Anflug davon liegt auch auf ihrem Gesicht, als sie uns die Hand reicht. Dunkle Haare, in einem dünnen Zopf nach hinten gebunden.

„Riviera?"

Riviera, Riviera… ich weiß nicht mehr. Kati auch nicht und sie zieht uns zu sich herauf. Die Einstiegsstufen klappen sich unmittelbar hinter uns hoch. Der Triebwagen fährt in einem solch weichen Schwung an. Es kann nur der richtige Zug sein. Das Gesicht der Beamtin klingt noch nach in der Beschäftigung damit, ob wir es schaffen oder nicht. Absurd. Es stand nie außer Frage. Ihr fester Handgriff und die Kraft in ihren Armen.

Es ist auch egal, ob Riviera oder nicht. Dieser Zug wird nach Riviera fahren, ob er nun dazu vorgesehen ist oder nicht. Und wenn nicht, was soll's? Der Handgriff und die Uniformjacke. Der blaue Wollstoff und die Entschlossenheit auf ihrem Gesicht. Die Kraft, die uns nach oben zog in den Triebwagen hinein.

Hinterher

„Da sind sie!" schreist du und rennst hinterher.
Ich kann dich verstehen, auch wenn ich es über-
trieben finde. Vier Grundschullehrer, Religion.
Sie erzählen tagein, tagaus einfache Geschichten. Vielleicht verstehen sie selbst nicht, was es
mit ihnen auf sich hat. Für dich aber sind sie der
Himmel auf Erden, jederzeit verfügbar.
Sie lächeln freundlich im Vorübergehen auf den
Parkwegen. Die Baumwipfel hoch oben bewegen
sich leicht im Wind. Ist es hier unten die gleiche
Windbewegung oder kommt es nur von dort herab? Sie führen harmlose oberflächliche Gespräche tagein, tagaus. Über den Orangensaft im Su-
permarkt und die Mülltonnen neben den Park-
bänken.
„Ich muss hinterher!"
Wie kann ich nur deine Begeisterung zügeln?
Was erhoffst du dir nur von ihnen? Ich spüre,
dass da für dich so viel mehr passieren wird, als
für mich jemals möglich sein wird. Warum sollte
ich mich dem entgegenstellen? Also folge ich.
Ich folge sogar gern, merke ich. Überall gibt es
Widerstände. Zweige mit zu viel Laub oder Menschenkörper, die vorbeiströmen.

„Warte!“

Ich komme nicht mehr hinterher bei dir. Du schwimmst gegen den Menschenpulk wie gegen einen wilden Gebirgsbach. Für dich ist es ein großer Spaß, in dem du deine Umrisse verlierst. Auch das kann ich verstehen und versuche mitzuschwimmen. Deine Freude treibt mich voran. Auch über das Holz der Treppenstufen und das Baumgerüst voller Menschen hinweg.

„Bis gleich!“

Du schlängelst dich mit deinem schlanken Körper zwischen ihnen hindurch, als wären sie Slalomstangen, nur für dich geschaffen. Du folgst deiner Lehrergruppe wie ein Waljunges dem mächtigen Schatten seiner Mutter. Ich weiß, du willst nichts anderes, als ihre Worte aufzuschnappen. Sie tropfen träge in die Vormittagsluft und du musst sie aus ihnen herauslocken. Es ist ein Vergnügen für dich.

Da bin ich schon weit zurückgeblieben und werde vom Gegenstrom der Gestalten mitzogen. Du aber weißt, wonach dich verlangt. Es ist dir egal, wer spricht und antwortet. Deine Sehnsucht ist unstillbar. Du stellst Fragen mitten in den Strom hinein. Sie werden gehört und beantwortet werden. Du wirst dem Sturm der Worte standhalten. Ja, du wirst sie aufsaugen und sie werden dich verwandeln.

Vollendet

Ich hatte dich nicht gebeten reinzukommen. Trotzdem hatte ich nichts dagegen, als du auftauchtest, so wesenhaft, so körperlich. Dein Auftreten vollzog sich so intensiv, es schien, als könne ich deine Gestalt unter dem Mantel wahrnehmen, so unmittelbar. Es kam nicht von mir. Es war dein Blick. Ich wusste sofort, dass dieser Raum nicht für dich geschaffen war, zu schäbig in seiner Abgenutztheit. Das Gelb der Zeit klebte an den Tapetenrändern.

Dein offener Blick veränderte alles. Er war selbst noch am Suchen und Tasten und er wusste, dass er nicht hierbleiben würde. Es wäre ein Leichtes für dich gewesen, hier wegzugehen. Ich konnte auch so deine Macht spüren, obwohl ich nicht wusste, woher sie kam, und ich sie nicht ansatzweise einschätzen konnte. Auch wenn du dich in die Nische kauertest. Ich habe das bis zum Ende nicht verstanden.

Ich merkte nur, dass diese Geste total stimmig war. Und als du von dort unten aufblicktest, wusste ich, dass ich verloren war. Dass du keine Waffe brauchen würdest und dass mein Leben vollendet sein würde.

Unerheblich

Ich spähe hinüber zu den Bahngleisen. Alles an ihnen ist im Umbruch. Selbst das Gras und das Kraut zwischen ihnen. Sie liegen dunkel und schwermütig in Erwartung. Nur nicht, wenn sich das Rot der Züge über sie verschiebt, das aus sich selbst heraus strahlt. Meine Schritte verlieren zwischen ihm.

„Welcher Zug ist der richtige?"

Niemand hier kann mir die Frage beantworten. Wir stehen dicht gedrängt. Das Rot treibt herein und heraus und jedes von ihnen vollzieht sich als verpasste Chance. Nur welche Chance? Eine davon werde ich ergreifen. Es ist noch nicht so weit.

„Nach Mannheim?"

Ich schaue mich fragend um und ernte fragende Blicke.

„Alle Züge hier fahren nach Mannheim."

Selbst die Frage, wann, hat keinen Stellenwert. Bedeutung hat nur das Rot. So intensiv, dass es sich unter meine Haut schiebt. Jedes Rot leuchtet auf seine Weise aus sich selbst heraus. Vor allem Hellrot so unwiderstehlich. Es karrt sich vorbei, als sei es das Selbstverständlichste. Als sei es nur ein Triebwagen, ein Waggon oder eine Lokomotive. Eine Seitenwand, eine technische Verkleidung, gesichtslos in ihrer Flächigkeit und an den Kanten abgerundet.

Das Rot zerstäubt sich darin und die Augen sehnen sich danach. Meine Schritte irren im Gleisbett zwischen den anderen Schritten umher, bis ich mich zu ihm aufschwinge, hochhieve und es beschreite. Das Rot. Sein Innen verliert sich in der Banalität der Masse, Menschenmasse, Menschenkörper. Arme, die sich emporrecken, um sich festzuhalten. Ärmel in Wollmänteln. Umrisse, die nicht wissen, wohin mit sich, und sich von Verlegenheit zu Verlegenheit verschieben. Wie ich.

„Der Zug fährt gleich ab."

„Weiß ich."

Es ist unerheblich. Und ich erwarte nichts sehnlicher.

Stups

Es gibt Momente, die sollen nicht geschehen.
„Halt!“ sagt dein Blick.

Da hat dich mein Stups schon hoch in die Luft geschleudert. Es war im Grunde nur die Umleitung deines eigenen Schwungs. Weder du noch ich haben es kommen sehen und als es so weit war, verschmolz die Zeit mit dem Davor. Die Vision von dem Danach breitete sich in dir aus und du behieltst die volle Kontrolle, auch in der Luft, auch über das Fahrrad.

Du hättest dich nicht aus diesem Verschmelzen lösen müssen, aber es gab keinen Grund, es nicht zu tun. Es war im Grunde mühsamer, dich zu befreien, als darin eingetaucht zu bleiben. Wie hätte ich unbeteiligt sein können? Ein Abglanz fiel auf mich, auch wenn mich die Ahnung überforderte. Dein Seitenblick, halb überrascht, halb amüsiert, aber nur, weil du es mir nicht zutrautest.

Als du aus der Luft zurückkehrtest, schien eine Verstauchung zurückzubleiben im Gestänge des Fahrrads. Oder waren es deine Knochen oder beides? Keine Ahnung, ob es noch lief. Es war dir sowieso egal.

Spur

Ich spüre ihre Unsicherheit hinten im Fonds, geradezu ausgeschwitzt von ihren Körpern, jungen Körpern.

„Fahr einfach!"

Wir haben uns über das Fahrziel abgestimmt. Es wird schon passen und je weiter ich fahre, desto mehr Zweifel steigen in mir auf. Ihre Blicke liegen auf meinen Schultern. Sie wollen nur schauen, ob ich die Spur halten kann. Es ist düster drinnen und draußen. Draußen kann ich mir noch erklären, der Nebel und die Dämmerung. Eine Dämmerung, die nicht enden will.

„Es wird schon passen", sagt einer, obwohl er nicht wagt, es auszusprechen. Auch, als ich beinahe den Brückenpfeiler touchiere. Meine Gestalt scheint dadurch ein wenig verschoben und ich habe keine richtige Kontrolle mehr. Sie finden den alten Wagen auch nicht schick, auch wenn ich es mir gerne einbilden würde.

„Fahr weiter! Du wirst es schon schaffen."

Ist es ihre Zuversicht, die mich durchhalten lässt? Oder irritiert sie mich nur? Die Unterführung wäre geschafft. Die freie Fahrbahn liegt vor uns.

Fadenscheinig

„Verschwinde endlich!"

Ich habe hier sowieso keinen Platz und doch ist es der einzige Platz für mich. Ihre Fingerspitzen trommeln auf das Laken und ihr herausfordernder Blick bohrt sich durch mich hindurch. Es ist ein Morgen wie jeder Morgen.

„Wie lange brauchst du noch?"

Ich bin mit ihr gezogen, auch wenn ich wusste, dass es nicht der richtige Platz war. Weil es keinen anderen Platz für mich gab und sie noch nicht bereit war, mich abzuschütteln. Sie liegt seitlich aufgestützt unter dem halb zurückgeworfenen Leintuch. Die Locken ihrer Kurzhaarfrisur berühren das Kinn. Die Augen starren unverwandt auf mich.

Ich spüre den mehr halb belustigten Zug um ihre Lippen und die Neugier, auch wenn sie ihrer überdrüssig ist. Als ob sie mich mit den Augen wegschaffen könnte wie ein Bagger einen Erdklumpen. Es ist nur der Endpunkt einer mäandernden Reise an Schiffswänden entlang. Ich hasse das Weiß der Wände. Als ob es mich preisgeben würde wie eine Mücke oder Fliege. Manchmal habe ich das Gefühl, als wäre ich am

Lack kleben geblieben, sei er nun zu frisch oder zu zäh. Ich irrlichtere über die Innen- und Außengänge und hoffe, ihr nicht zu begegnen. Dabei ist sie mein einziger Gedanke.

„Da bist ja immer noch da!"

Wie sind wir auf die Idee gekommen, diese Schiffsreise zu unternehmen? Ausgerechnet ein Schiff, dem man nicht entfliehen kann. Manchmal stelle ich mir vor, ich könnte einfach davon verschwinden. Dann erblicke ich dich und du schlenderst vorbei, als ob du mich nicht kennen würdest.

„Ich werde mich nie an dich gewöhnen."

Ich verstehe das. Nur wohin mit mir? Du flanierst über die Bordgänge und ziehst die Männerblicke auf dich. Sollen sie doch. Du wirst sie niemals an dich rankommen lassen. Du wirst sie abstoßen mit deiner Eidechsenhaut. Sie werden es nicht verstehen. Ich aber verstehe, obwohl ich mir niemals sicher sein kann.

Ich habe darüber die Schönheit der Welt vergessen. Die Hebungen der Wogen mitten auf dem Ozean, in die das Licht fällt, als wolle es sie anhauchen und sich in sie einhauchen. Die Schlingpflanzen in den Sümpfen, unberührt, die ihre Kräfte in vollkommenem Gleichgewicht entfalten. Sogar den Mörtel und wellenförmigen Asbest in den Favelas. Dann den majestätischen

Baum, der auf dem Hügel thront. Die eine faden-
scheinige Grenze zwischen dem drinnen und
draußen.

Ich habe dich gefunden auf den senkrecht und
waagerecht gewebten Linien der Kissenhülle. Das
Weiß der Fläche und das Weiß der Linien. Ich
habe das Rot und das Blau von dir darin entdeckt
und an mich genommen. Ich drücke es an meine
Brust.

„Vielleicht."

Ich kann nichts von dir erwarten. Die Menschenkörper in den Gängen drücken sich an mir vorbei
und ich spüre sie nicht mehr. Ich schiebe die Vi-
trine hier drinnen in der Kabine auf und zu.

„Ja, nimm! Es ist für dich."

Es sollte niemals ein solch beglückendes Gefühl
hervorrufen, einen Besitz zu ergattern, und natürlich kann ich nicht wirklich Besitz davon ergreifen. Ich fahre mit den Fingern die Linien des
Gewebes nach. Ihre feinen Richtungen, ihr Weiß
und ihr Weiß. Es ist nur der eine Augenblick, der
auseinanderfällt und zusammenhält.

„Da! Nimm!"

In der Filiale reichen sie mir das Päckchen, kaum
größer als eine Streichholzschachtel, eingepackt
in braun zerknülltes Packpapier, von einem Bind-
faden gerade so gehalten. Der Menschenstrom
zieht mich mit sich fort. Ich erkenne deine Hand-

schrift. Du hast mir noch nie geschrieben. In der Mitte ist es leicht gewölbt.

Deine Finger trommeln im Rhythmus auf das Betttuch. Das Weiß des Leinens zeichnet deine Umrisse nach. Deine forschenden Blicke unter den Augenbrauen. Was wird er machen?

Ich wende das Päckchen zwischen den Fingern. Die Rauhheit des Packpapiers und des Bindfadens. Die leicht bauchige Erhebung in der Mitte. Ich lasse mich von den Bewegungen der Tänzer treiben. Du hast mir noch nie geschrieben. Ausgelassene bronzefarbene Gesichter in tropischer Wärme.

Genau so

Ich will dir von den Straßen Italiens erzählen.
Die mich in sich aufgesogen haben, die sich mit
mir verbunden haben und die zu meinem Eigen
geworden sind.

Ich will dir erzählen von der Sonne Siziliens.
Spürst du sie, wenn der Motor anspringt, wenn
die Kraft durch mich hindurchzittert und -pocht,
ob ich nun davondüse oder dahintuckere? Von
den Pinien und Zypressen der Toskana, die ich
jede einzeln in mich aufgesogen habe, als ich an
ihnen vorbeistrich, von den Bodenwellen, über
die ich glitt wie eine Hand, die sich über Wogen
schmiegt. Von den schroffen Kanten der Felstür-
me, deren Hellbraun und -grau auf mich herab-
sanken, als ich die Dolomiten durchfuhr, den Ge-
ruch des Eises und dem Geschlängel der Kurven,
in die ich mich legte, als würde ich mich nie
mehr aufrichten, und jede Steigung in die Luft
schrie.

Jede von uns Straßen ist verschieden und auf ei-
gene Weise köstlich. Jede von uns erzählt ihre
Geschichte. Höre sie! Dann kann sie auch auf
dich übergehen.

Sich mit Tischflächen vertraut machen

Maulwürfe

Ihm ist es egal. Aber mir nicht. Seine Gedanken fließen. Sie transformieren sich in den Fluss von Worten, so elegant und leicht, dass man unmittelbar folgen will. Ich schaue zu ihr hinüber.

„Kinder mögen keine Friedhofsgeschichten."

Hätte ich auch drauf kommen können, aber das ist es nicht. Ich merke, wie er ihre ganze Aufmerksamkeit auf sich zieht. Dabei arbeite ich mit ihr seit mehr als zwei Jahren zusammen. Wie kann sie nur! Wenn er nur nicht so flüssig formulieren würde.

„Die ganzen Erdhaufen und Gräber und die Vorstellungen, was alles daraus hervorkreucht und -fleucht..."

Ich kann mich auf nichts anderes konzentrieren als auf den Glanz ihrer Augen. Ja, das ist die Lösung für ihren Text. Es bewegt sie, sie spürt es körperlich. Die Gruppe sitzt wie immer brav im Kreis und lauscht auf die Freisprechanlage des Telefonverbindung. Und mir bleibt nichts anderes übrig, als mitzulauschen. Es wird auch nicht so sein, dass er auflegen wird und es ist vorbei. Es hat sich längst in meinen Kopf gewühlt. Sie lächelt.

„Stellen Sie sich vor, all die Tiere! Kröten, Maulwürfe und Spinnen. Ich glaube, da fällt Ihnen sicher was Freundlicheres ein."

Wortstämme

„Ich komme damit zurecht.“

Ich hätte es gar nicht aussprechen müssen. Niemand schaut sich zu mir um. Die Buchstaben in den Fragebögen vor mir verschwinden in einem Nebel. Das ist doch kontraproduktiv! Oder nur ein Teil des Tests? Ich muss erst einmal die Fragestellung verstehen.

Sie ist in Englisch oder Französisch, ich würde beides schaffen. Manchmal ist Englisch wie Französisch, romanische Wortstämme. Ich bin damit vertraut, Latein von der Sexta an. Es gibt so ein Gefühl, antrainiert aus endlosen Schulstunden als Halbwüchsiger. Es ist ein anderes Gefühl als zu Deutsch. Vage. Ich liebe diese Vagheit. Alles vollzieht sich hier am Strand, der sich vor uns ausbreitet, umkränzt von bunten Verkaufsbuden und geschäftigem Treiben.

„Sie schaffen das!“

Der Prüfungsleiter streift hinter meinem Rücken entlang. Ich kann seine Blicke deuten. Es ist wie Latein in der Quinta oder Quarta, die zweite und dritte Klasse im Gymnasium. Da ist schon was hängengeblieben. Er meint es ernst. Ein beruhigendes Gefühl und ich konzentriere mich auf die

Aufgabe. Die Wortstämme wollen einfach nicht zusammenpassen. Ducere, ad, re. Ich kenne die Worte. Eigentlich dürfte es kein Problem sein. Ich werde schon dahinterkommen, was sie meinen, und tatsächlich fängt der Nebel des Prüfbogens an, mir eine Vorstellung preiszugeben.

„Wie leicht lassen Sie sich verführen?" steht da drauf und verschwimmt im nächsten Augenblick wieder vor meinen Augen. Im Ernst jetzt? So eine Frage bei diesem zufälligen Freizeitprogramm in dem Ferienort hier. Es geht doch nur um irgendein Zertifikat oder irgendeine Bewertung oder Einstufung. Wenn's nichts wird, sei's drum. Ich werde es sowieso schaffen.

„Ja! Du hast's doch schon fast!"

Meine Sitznachbarin lehnt sich so nahe auf mich drauf, dass ich schon das Gewicht ihres Ellbogens spüre. Hat sie die Aufgabe besser verstanden als ich? Sie jedenfalls weiß die Antwort und hätte nicht das Papier aus meinem Block reißen müssen. Sie hat doch selbst einen.

Sie beugt sich zurück und triumphiert. Sie wedelt mit ihrem Bogen in der Luft herum. Warte! Ich hab's gleich. Ich bin kurz davor. Die Ahnung davon verdichtet sich. Ich werd's gleich erfassen, gedanklich. Was waren nochmal die richtigen Worte?

Spiel mit

Die Gesichter der Gruppe versinken hinter ihren Notenheften, aufgestellt auf Notenständern vor ihnen.

„Wir brauchen dich nicht mehr, ob du nun mitspielen willst oder nicht." Und dann: „Du kannst auch weiter mitspielen, wenn du willst."

Das Spiel funktioniert auf einmal nach anderen Regeln und ich finde die Stücke nicht mehr.

„Ist ja auch klar. Wir spielen andere Stücke. Schlag auf! Spiel mit!"

Ich blättere und blättere. Manchmal denke ich, ich habe das Stück gefunden, das gespielt wird, und manchmal nicht. Ich blättere und sie spielen. Und ich blättere. Das Stück kommt mir vertraut vor, endlich! Ich halte das Instrument auf dem Schoß, die Finger auf die Saiten gelegt.

„Blättere weiter! Du hast nicht das richtige."

Meine Finger fallen zwischen die Heftseiten und spüren die Leere, die zwischen ihnen aufsteigt. Manchmal halten sie inne, manchmal blättern sie weiter. Die Leere darin hält sich hartnäckig.

„Das nächste Stück! Komm! Spiel mit!"

Wo sind nur meine Lieder geblieben? Die Lieder, die mir so vertraut waren?

Sei's drum

„Kaffee?"

Ja, ich hatte Kaffee bestellt. Er schiebt die Tasse herüber. Ich hatte keine so kleine erwartet, fast schon Espresso-Tasse. Kati schaut mich von der Seite an, halb belustigt. Seine Blicke wirken gehetzt unter den dunklen Brauen. Das Gesicht ausgeschnitten, zu bleiche Haut. Hier kommt das Tun vor dem Denken, deutet sich an.

Die Alpenwiese breitet sich hinter dem ausgelaugten Holz des Bauernhauses aus. Die paar Gasttische sind wohl nur ein Nebenverdienst, wenn auch ein notwendiger. Die Luft verfliegt hier oben über das Grün der Wiesen, ein Grün, das sich in sanften Wellen ausbreitet. Das Licht verfängt sich im Weiß der Diesigkeit, bevor er wieder auftaucht, Hosenträger aus Lederriemen, hölzerne Bewegungen.

Der Kaffee schwappt über, die zweite Tasse. Wir hatten keinen bestellt. Sei's drum. Keine Ahnung, was daraus werden soll. So ein Überhang an Kaffee am Nachmittag kann nicht schaden. Auch wenn wir nicht wissen, wie wir damit zurechtkommen sollen.

Chicago

„Bist du des Wahnsinns? Du hast doch schon
zwei Vasen!"
Ich kenne Katis hilflosen Zorn. Er brodelt über,
aber ich brauche nur abzuwarten. Der Barkeeper
im Hintergrund verfolgt uns aus den Augenwin-
keln und fährt mit seinen fahrigen Bewegungen
fort.
„Der Hocker ist ja jetzt schon gekauft."
Ich betrachte die kleinen Tiere am Rand der run-
den Sitzfläche. Sie sind so kunstvoll gearbeitet.
Jedes einzelne hat seinen eigenen Ausdruck. So
feinsinnig, fast schon lebendig. Ihre Seelen wehen zu mir herüber. Sie sind nicht fest im Holz
verankert. Sie müssen vom Barkeeper kommen.
Er schiebt eins nach dem anderen über den zu
hohen Tresen zu mir. Woher auch immer er sie
nimmt. Auch den Keks, der mir zwischen den
Fingern zerbröselt. Mit Schokostückchen darauf.
Egal, ich werde ihn wieder zusammensetzen, zu
Hause.
„Stephan wird eine USA-Reise machen."
„USA?"
Der Barkeeper wird hellhörig.

„Steven, Steven! Komm her! Wohin fährst du nochmal in USA? Chicago?"

Der Zwischenraum zwischen seinem Hemd und dem Sakko beginnt zu flattern. Es liegt etwas Verfliegendes darin. Als ob er darin mitfliegen könnte.

Fräulein Koranke

Kein Laut. Nur das geschäftige Hantieren. Das kaum hörbare Rascheln der Blätter. Zu glatte Oberflächen, um einen Laut zu machen.

„Fräulein Koranke, bitte legen Sie das hier ab!"

Eine Vorstellung davon überfällt mich. Fräulein Koranke legt das Blatt hier ab. Bürokostüm mit aufgesteckten Haaren, die Brille zu hoch auf die Nasenwurzel geschoben, Geschmeidigkeit in den Bewegungen trotz mechanischer Tätigkeit, der Blick über den Thekenrand nach draußen in die Welt. Abschätzig in die schmutzige Welt.

„Fräulein Koranke, das könnten Sie auch dorthin legen!"

Ich bewundere das Aufrechte in der Gestalt und ihren taxierenden Blick. Ich fühle mich wie ein Ungeziefer oder kurz davor. Mein Insektenpanzer, die zu langen tastenden Fühler, die zurückzucken. Der Wunsch, mich klein zu machen oder ganz zu verschwinden.

„Fräulein Koranke, ich brauche Sie noch einmal!"

Sie wendet sich der Kollegin zu. Der gegenseitige Blick voller Einverständnis, in dem die Ordnung der Welt zurechtgerückt wird.

Unerreichbar

„Wartet!“
Von ihren Begleitern sind nur schwarze Umrisse
zu erkennen. Enge Kleidung, die in ihrer Unmit-
telbarkeit verfliegt. Natürlich wird das Wort niemals meinen Mund verlassen. Dafür ist es zu
scheu.
„Wartet auf mich!“
Sie tolerieren mich nur auf Abstand. Kati, meine
vertraute Kati! Sie schirmen sie mit ihren Körpern ab, ohne dass sie sich darum kümmert. Wie
kann ihr das nur egal sein? So egal wie den
schwarzen Umrissen auch, scheint es. Dabei sehnen auch sie sich nur nach ihrer Nähe.
So durchstreifen sie mit ihr die Bodenschwünge
aus Sand und Kies, die das Wasser vor Urzeiten
aufgeworfen hat, dann vor Zeiten und schließlich
jetzt. Es wird immer weiter graben in alle Zukunft. Nur Kati weiß, wohin sie ihre Schritte
richten muss. Bei ihr gibt es kein Zögern. Ihre
klare Silhouette. Ich kann ihre Gestalt durch das
Schwarz der Begleiter hindurch wie durch einen
Vorhang erkennen. Bunt und voller Bewegung.
Das Schwingen von Tüchern. Sie flattern. So unerreichbar.

Styropor

„Komm!"

Ich brauche nicht zu sagen „Komm!", sie folgt mir auch so. Sie ist noch zu klein, auch wenn die Zeit vergangen ist. Sie schaut zu mir hoch, der Blick leicht verträumt oder nicht, voller Vertrauen. Sie hat nur mich und Katinka und Katinka ist gerade nicht da. Ich lasse den Song abspielen, auch auf die Gefahr hin, dass sie seiner überdrüssig ist.

„Macht nichts!" sagt ihr Blick und sie läuft neben mir über den Sand, der vom Meerwasser glatt gespült ist und noch fest.

„Papa, da drüben!"

War das ihr Impuls oder meiner? Wir laufen sowieso in dieselbe Richtung. Die Felsen, die sich hinter dem Sand auftürmen, wirken künstlich auf mich ebenso wie die Lagune, die sich davor ausbreitet. Der Sand kann seine Trauer nicht aus sich herausschütteln. Sein Grau und es ist noch nicht so alt.

„Papa, ich möchte auch!"

Sie zeigt auf die Wasserskianlage. Haben die Jugendlichen ihre Körper noch unter Kontrolle? Egal, darum geht es ja. Sie tollen herum, auch wenn sie zu hart aufschlagen. Sie sind jung genug dafür.

Ich spüre ihren Griff, der sich nicht lösen will, in meiner Hand. Sie ist noch zu klein. Es ist noch zu unheimlich. Es wird nicht lange gehen. Noch hört sie sich meinen Song an, auch wenn sich die Wasseroberfläche darin zu stark aufrauht und das Boot zu schnell über sie hinwegfährt. Diese Lagune und die Jungs auf den Wasserski. Sind die Felsen nun aus Styropor oder nicht? Weiß sind sie schon. Die Badegäste sitzen in ihren Badeklamotten vor der Meeresfläche, die sich vor ihnen ausbreitet, auch sie noch jung. Sie warten. Sie warten immer. Nur auf was?

Das Meer wird kommen und die Sonne. Es wird wärmer werden, ausreichend Wärme, und das Grau aus dem Sand spülen, irgendwann einmal. Es liegt noch so viel Zeit vor uns und dem Sand. Solveig umschließt meine Hand fester.

„Komm! Weg hier!"

Ich hätte auch darauf kommen können, auch wenn uns jetzt nur noch der Song bleibt. Er ist das geringere Übel. Die Luft und die Zeit werden sich schon mit etwas Besserem anfüllen. Die Zähigkeit wird aus dem Gedudel weichen. Bei ihr allemal.

Schritte

„Komm!"

Wer hat das gesagt? Solveig oder ich? Oder der Wald, der die Mauern fallen ließ, die uns umschlossen haben? Es ist leicht, sich ihm zu überlassen und der Frische, die die Blätter verströmen. Nur eine kurze Überwindung. Ich weiß, tagsüber fällt hier Licht ein, und ich spüre noch seine Anwesenheit, auch wenn es längst verflogen ist.

„Komm!" sagen Solveigs Schritte und ich kenne meine Schritte nicht mehr. Sie bewegen mich zwischen den Stämmen hindurch, den hoch aufragenden Stämmen, die sich in ihrem Oben verlieren, immer nur verlieren. Dort oben herrscht Leichtigkeit. Ich kann sie fühlen.

„Komm!" sagt die Leichtigkeit und hat sich längst in unsere Tiefe gesenkt, in die Wucht und die Zierlichkeit der Stämme, in den Boden voller Erdhöhlen und Leben. Meine Füße wagen nicht aufzusetzen. Dann ist sie da, die Leichtigkeit in mir, und Solveig winkt mir zu.

„Komm!" durchzogen von einem tiefen dunklen Braun, das verfliegt, immer nur verfliegt, aus sich selbst heraus verfliegt, ohne versiegen zu kön-

nen. Kati wird bald da sein. Wir spüren das Fell
der Mäuse zwischen den Zehenspitzen. Sie ver-
kriechen sich nicht.

„Komm!“

94

Körperbehaarung, aufgestellt

Sphinxe

„Halt!" schreit der Schnee und zerrt mich in die Röhre hinein, den Beton-Tubus einer Bob-Bahn. Er torkelt vor mir in Schlangenlinien ohne Eisdecke in alle Ferne immer tiefer hinab. Das Weiß der Schneelandschaft, die sich darum herum ausbreitet, brüllt nach mir. Ich weiß, es ist Wahnsinn. Mein Fuß drückt das Gaspedal bis zum Boden durch.

„Halt!" Wie kann man seine Sinne so verlieren und das Denken und alle Kontrolle sich in tiefste Besinnungslosigkeit auflösen lassen? Die Baumwipfel am Rand der Bahn neigen sich unter der Last des Schnees. Unberührter Schnee, strahlend weiß. Auch wenn er nicht weiß, ob er im Sonnenlicht glitzern soll oder nicht. Ich rase in dem Betonschlauch darunter hindurch. Sie liegt hellgrau vor mir. Die Trockenheit der Luft atmet sich darin aus. Die Kälte klirrt darin auf.

Das Schwarz des Profils rast durch sie hindurch und sucht sein Heil in der Beschleunigung, im Wahnsinn des Immer-Schneller-Werdens. Es will sich in seine Unbändigkeit versprühen. Sein Gummi fliegt über die leergefegte Fahrbahn hinweg, die sich ausgehärtet von Frost vor mir erstreckt. Überall könnten Eisflecken darin auftauchen, wenn auch hauchdünn. Die Geschwindigkeit zieht mich in sich hinein, unbarmherzig in ihrer Verlockung.

„Halt!" schreien die Schneekronen von oben. Sie verneigen sich vor mir. Darin liegt Häme. Ich könnte sie jederzeit zerstreuen, indem ich den Fuß zurücknehme. In jeder Raserei steckt ein Aufgefangen-Werden, auch wenn nicht klar ist, wie hart der Aufprall wird. In jedem Aufprall steckt ein Aufgefangen-Werden.

Das weiße Fell zweier Schäferhunde winkt mir von weitem zu. Sie tauchen weit vor mir auf der Fahrbahn auf. Die Spitzen ihrer Schnauzen strahlen glänzend schwarz aus ihrem feuchten Film auf. Er erfasst mein Rasen, fokussiert es und bringt es nach und nach unter Kontrolle. Auch wenn sie noch weit entfernt sind. Auch wenn ich immer noch auf sie zurase. Wird mich die Entfernung auffangen können?

„Halt!" Zwei weiße Schäferhunde. Ich weiß nicht, wie sie es machen. Sie haben sich wie zwei Sphinxe auf die Fahrbahn gelegt, die Vorderpfoten ausgestreckt, vollkommen in sich versammelt. Ihre Augen fixieren mich. Endlose Tiefe strahlt aus dem Schwarz der Pupillen auf, der Tiefe des Weltalls.

„Halt!" Sie wird mich erfassen, auch wenn ich nicht weiß, wie sie es machen. Die Ruhe, die ihre Körper ausstrahlen. Die Wucht, der Sturz, der auf sie zurast. Das Netz, das sich unendlich darin aufdehnen wird ohne Aufprall. Und mich darin auffangen. Sie haben ihre Köpfe aufgerichtet, die Ohren gespitzt. Für mich. Damit ich mich in ihr Fell kuscheln kann.

Was sonst

Ich habe ihn nie verstanden, auch nach Jahren nicht. Am wenigsten seine Interessen.

„Warum wandern wir nicht?"

Ich kann nichts damit anfangen. Ich könnte mich auch darauf einlassen, wenn ich wollte.

„Stell dir vor! Er ist nach Jahren zurückgekehrt."

Er kennt wirklich viele Leute, woher auch immer. Und immer noch.

„Sein sehnlichster Wunsch damals. Die Tropen, die Lebensfreude, die beweglichen Körper."

Ich stelle mir schwitzende Haut vor. Wie die Kleider daran kleben.

„Jetzt sitzt er in irgendeinem Büro zurück in der Heimat und rechnet Zahlen aus und ist glücklich. Kannst du dir das vorstellen? Ist glücklich! Nur weil die Leute ihn verstehen, wenn er den Mund aufmacht. Ich meine, er konnte die Sprache fließend."

Was hält mich davon ab? Schön, sein Anzug hat eine zu glatte Oberfläche, wie Schlangenhaut. Egal, ich habe selbst so einen. Er schaut mir direkt in die Augen. Seine Offenheit will mich durchdringen. Impertinent! Das soll mich nicht berühren. Aber was sonst?

Nichts

Es ist, als hättest du mir immer schon diese Geschichten erzählt unter diesen dunklen buschigen Augenbrauen, auch wenn deine Lippen immer zusammengepresst erschienen.

„Ich erzähle nichts."

Darin stiegen Wörter auf wie ein Vogelschwarm, unendlich. Er würde sich niemals erschöpfen, taube leere Wörter. Ich verstand ihre Bedeutung, jedes einzelne Wort, und strich wie mit Fingerspitzen darüber, um sie richtig zu verstehen.

„Bleib weg! Es wäre besser, wenn du nie gewesen wärst. Du bist nie gewesen!"

Ihre Blicke drangen unter den Strähnen durch mich hindurch. Ihre Bleichheit und die Kühle der offenen Kühlschranktür wehten durch mich hindurch und ich fühlte in meinem ganzen Körper, dass ich nichts war. Das Nichts meines Körpers zuckte noch nicht einmal.

„Macht nichts. Ich werde hier bleiben, auch wenn du Schimmel ansetzt. Es ist nur ein Kühlschrank. Das bisschen Strom, auch wenn sich das Rot des Zählers voranschiebt."

Ich warte darauf, dass es wieder auftaucht.

Ewigkeit

Sein Blick spricht Bände.

„Ich komme jetzt auf dich zu und lege mich unter deinen Stuhl. Da ist nichts dabei. Bleib einfach ruhig! Du wirst dich an mich gewöhnen. Und wenn nicht, ist auch nicht schlimm. Es ist nicht für die Ewigkeit."

Für mich hat die Ewigkeit vom ersten Augenblick an begonnen. Sein zu kurzes Fell, hellbraun. Die Wärme seines Körper, seines etwas zu massigen Körpers. Er lässt sich unter meinen Stuhl fast plumpsen oder ist es eine Bewegung, mit der er sich zur Seite wälzt? Seine Ohren hängen wie zwei runde zu klein geratene Waschlappen herab und sein Blick kurz zu mir hoch sagt „Langweilig!"

Seine Körpergerüche, nicht unangenehm. Von einer überraschenden Frische. Ich glaube, es ist die Abgeklärtheit und Souveränität des Alters. Ich bin auch alt, aber seine ist unerreichbar für mich. Der Anblick der Speckschicht berührt mich wie eine zärtliche Mutterhand auf der Stirn.

„Du bist jetzt angekommen. Mach dir keinen Kopf!"

Polar

Sie schaut mich vom anderen Ende des Raums an. Kann sie mir trauen? Bin ich der Aufgabe gewachsen? Sei's drum, sie wird es sowieso deichseln. Ein Lächeln umspielt ihren Mund. Nein, ich bilde es mir nicht ein. Ein nach innen gerichtetes Lächeln, für sich selbst gelächelt. Noch nicht mal ein spöttisches. Ich bilde es mir nur ein.
„Und nun wird unser Aushilfslehrer...“
Ja, ich bin der Aushilfslehrer und für mich ist es noch überraschender. Die Kinder arbeiten sowieso von alleine. Dank ihr. Sie hat etwas so Motivierendes, auf natürliche Art Motivierendes. Es könnte sogar mich motivieren.
Herausgerissen in die Kälte der Verantwortung, der Erwartung der eigenen Aktivität wie in einen Polarsturm, der an der Gesichtshaut zerrt. Es hat etwas Erfrischendes, auch wenn ich scheitern werde. Ich habe ja sie an meiner Seite. Sie wird alles Scheitern ausgleichen durch ihr Scherzen.
„Ihr seht auf der Seite des Mathebuchs ein Dreieck.“
Die Worte kratzen in der Kehle. Kein Wunder bei der ausgetrockneten Zunge. Ich schaue in die erwartungsvollen Augen der Kinder.

„Wir hatten Regenbogen und Schillern und Sei-
fenblasen und ich finde alles zu pathetische Wörter und gleichzeitig zu banal und abgedroschen.
Wir brauchen mehr Geschmeidigkeit und Verfliegen, glänzende verfliegende Oberflächen. Wir
müssen doch an irgendwas Halt finden.“

Ich fand die Geschmeidigkeit von Xaviers For-
mulierungen immer schon beeindruckend. Ernsthaft. Er wirkt gar nicht so auf den ersten Blick.
Aber die Substanz, die darin steckt. Spätestens
beim zweiten Hören. Und dann im Zusammen-
spiel mit Walli.

„Ich gebe dir vollkommen recht. Aber welches
Thema sollen wir daraus ableiten?“

Alle hier in der Runde sind angesprochen und
die Gedanken fließen zusammen. Schon längst.
Auch wenn sich die Tischplatten zu weiß und zu
glatt ausbreiten, typisch Kursraum. Abschreckend
für Gedanken und dann noch kreative. Ich merke,
ich werde hier nicht mehr gebraucht. Dabei ist
das mein Kurs. Ich weiß, es verbietet sich, das zu
sagen.

„Was haltet ihr von den zwei Naturen?“

„Was meinst du damit?“

„Das müssen wir noch rausfinden. Das ist doch das Spannende."

„Verrat nicht so viel! Wo bleibt dann das Geheimnis?"

„Find ich auch. Wir sollten jetzt einfach anfangen zu schreiben!"

Da bin ich längst abgedriftet in die italienische Bar von vorhin und lasse mir den Espresso einschenken, wenn auch viel zu günstig. Nur weil Antonio Feierabend machen will. Er ist in seinem Kopf längst woanders.

„1,20."

Seine behaarte braungebrannte Pranke, viel zu mächtig für die filigrane Espresso-Tasse. Der Duft des Espressos, der mich wie in eine tiefe Höhle hineinzieht. Das Schwarz der Oberfläche und ihr Duft wollen mich überfordern.

Neugierig

„Welchen Namen habt ihr nochmal? Das war doch eine Abkürzung mit drei Buchstaben, die mir so gut gefiel. Eine ziemlich lapidare Abkürzung. Es ist verrückt, dass man nicht davon loskommt."

Sie hält mir das Tablet vor die Nase. Irgendwelche Suchergebnisse zu einem Stichwort in Startpage. Ihr Lachen nimmt mich gefangen und ich kann mich nicht auf die Zeilen konzentrieren.

„Ja, unsere Gruppe. Irgendwas mit A am Anfang. Ich komme gerade nicht drauf. Drei Buchstaben."

Ich krame in meinem Kopf. Er kreist um nichts anderes als um diese Gruppe und jetzt will mir ihr Name nicht einfallen.

„Warte! Such nochmal!"

„Ja, ok. Nur nach was soll ich suchen? ASW? AWS? Und für was standen nochmal die Buchstaben?"

Sie ist so nahe an mich herangerückt. Ihr Gesicht berührt mich schon fast. Wenn auch unbeabsichtigt. Ich spüre, wie ihre Gedanken auf meiner Haut sprühen. Das Umkreisen der A's. Es liegt ein Geheimnis darin und eine Erfüllung.

„Es könnte für Alabaster stehen oder Alhambra. Ich glaube, die Auflösung klingt noch aufregender. Du hast es mir doch schon mal gesagt."

Ja, stimmt. Ich habe es ihr gesagt. Nicht nur ein Mal. Hunderte Male und wir haben darin geschwelgt. Sie sagt es auch nicht, weil ihr das Wort jetzt so wichtig erscheint. Es geht ihr um das Schwelgen wie mir auch. Wir können auch ohne das Wort schwelgen. Sie fuchtelt mit dem Tablet vor meiner Nase herum und lacht. Ihr ganzes Gesicht lacht und ich lache auch. Aus meinem tiefsten Inneren heraus.

„Jetzt zeig schon!" ich versuche die Zeilen zu lesen, von denen immer Blöcke von drei Zeilen untereinander angeordnet sind. Als ob diese Zeilen unsere Geheimnisse enthüllen könnten. So einfältig, dass sie das Lachen nur noch steigern.

Sie stiefelt in das Wohnzimmer zurück, ein Design-Wohnzimmer im Stil der Fünfziger, und wedelt mit dem Tablet in der erhobenen Hand. Nur so aus Neugier krame ich nochmal in meinem Kopf. Es kribbelt darin. Wieso will es mir einfach nicht einfallen?

Sog

Ich kann mich gehen lassen. Es ist nur eine Probe. Sein misstrauischer Blick sagt: „Ich werde mit dir gehen, aber nur diesen kleinen Weg. Ich werde mich auf alles einlassen. Mach keinen Scheiß!"

Ich will ja gerade Scheiß machen, wenn schon die Möglichkeit da ist. Gelenkter Scheiß, darin ausbrechen und sich führen lassen, von dir, von mir, von dem Weg, den wir beide betreten.

„Seid ihr fertig?"

Der Trainer neigt den Kopf nach vorne und mustert uns unter den Augenbrauen. Ganz schlimm wird's nicht werden, auch wenn er streng bewertet. Er sitzt auf dem Bretterboden. Ich sitze auf dem Bretterboden. Wir stützen uns mit den Armen ab. Ich werde in den Sog hineingehen und schauen, ob er mir folgt. Er ist erfahren. Allein das könnte mich schon reizen.

„Es wird schon nicht so schlimm werden."

„Was stellst du dir vor?"

Er spannt die Kordel zwischen sich und uns. Jetzt sind wir im freien Raum, um uns in ihn hineinfallen zu lassen.

„Wenn du auch nie da bist."

Klitsch

Sie haben einen Teppich über die Grube gespannt oder soll ich es Schacht nennen? Stollen
würde auch passen. Und den Esstisch darüber ge-
stellt. Dabei passt er kaum.

„Nicht gucken!"

Ich kenne die Stimme des älteren Jungen, auch
wenn er nicht auftaucht. Ich nehme ihre Spielerei
nur im Vorübergehen wahr. Dabei sollte es mich
mehr angehen als die ewige Presslufthämmerei
auf der anderen Seite. So durchdringend, dass
man nichts anderes mehr wahrnimmt. Ich habe
den Stollen vorhin vom Fenster des ersten Stocks
aus gesehen, und zwar ohne Teppich. Er kam mir
vor wie ein implodierter Turm zu Babel, mit ar-
chitektonischem Sachverstand angelegt. Die
Wände und Treppenstufen in die Erde gestochen
wie in eine Torte. Dabei sind es nur Jungs. Sicher, sie sind eindeutig aus der Kindheit heraus-
gewachsen und trotzdem haben sie noch keine
Anflüge von Jugend.

„Nicht gucken!"

Zwei Mädchen sind auch dabei, auch wenn sie
jünger sind. Sie umtanzen die Jungen und suchen

ebenfalls nach ihren Spaten, begierig, die Erde aufzuschlitzen.

„Abendbrot!" ruft Anne, die Mutter.

Wie kommen sie auf die Idee, einfach den Wohnzimmerteppich über die Grube zu ziehen und den Esszimmertisch darüber zu stellen? Ein alter Holztisch, der schon seit Generationen seinen Dienst tut. Denken sie ernsthaft, sie könnten ihre Machenschaften kaschieren? Das eine Bein steht so nahe am Rand, es könnte jederzeit einbrechen.

Sie frieren ihre Gesichter ein, als ich näher komme. Sie wollen sich nichts anmerken lassen. Ein anderer Tag, eine andere Stunde, wer weiß, was sein könnte. Die Erwachsenen stören. Ich bin längst an ihnen und der Grube vorbei. Ein lange schlummerndes Interesse hat mich gezogen und fühlt sich vielleicht genauso an wie das Babel-Experiment, mein Babel-Experiment. Wie viele Tage nervt das schon, der Presslufthammer auf der anderen Gartenseite?

Ich kann mich nicht zurückhalten und muss nachschauen. Als ich zurückkehre, tauche ich in den Garten der Familie ein wie in den Garten Eden. Es ist beruhigend, dass nur für ein Baby pressluftgehämmert wurde. Irgendwelche überflüssigen Anbauten. Das Abendessen winkt und mir dämmert, dass noch etwas war. Aber hier im kontrollierten Raum?

„Abendessen!"

Annes durchdringende und gleichzeitig Versorgung verheißende Stimme und die Kinder hängen vor mir im Gartentor. Sie lassen ihre Gliedmaßen durch die Aussparungen des Holzgatters baumeln, als ob sie es so vor mir abdichten könnten.

„Du kommst hier nicht durch!" sagen mir die Blicke.

Für ihren Geschmack habe ich längst zu viel gesehen und jetzt vielleicht auch wieder einen Kopf für die Grube. Die zwei Jungs, die zwei Mädchen wie in eine Arm-Und-Bein-Skulptur verwoben, dazwischen die bunt bemalten Holzlatten des Zauns und Gartentors.

„Jetzt lasst mich durch!" flehe ich sie mit den Augen an und suche die von Walli und Lisa, noch so klein und unschuldig. Sie können unmöglich so grausam sein. Das Tor schwankt leicht in den Wippbewegungen der Arme und Beine. Und jetzt für einen Augenblick so weit auf, dass ich hindurchschlüpfen könnte.

„Abendessen!"

Weit hinten rennt Anne herum, die den Tisch deckt. Himmel, der Tisch über dem Teppich und der Grube! Er könnte jederzeit einstürzen.

„Nicht gucken!" sagen mir die finsteren Blicke der Kinder unter den gesenkten Wimpern. Die Pupillen in den Augenschlitzen fallen mich geradezu an.

„Und vor allem nichts sagen!"

Und „du kommst hier nicht durch!"

Ja, ich spüre genau, ich komme hier nicht durch und eigentlich könnte es mir egal sein. Und doch liegt ein unverstandenes Lauern darin, ein untergründiges Lauern. Lisa, die Kleinste, ob absichtlich oder unabsichtlich, kippt über das Tor, so dass eine Öffnung entsteht. Endlich groß genug, um hindurchzukommen. Die Kinder nehmen es mit einem Achselzucken und begleiten mich, wenn auch misstrauisch.

„Nicht gucken! Nichts sagen!" schreien mir ihre Körper zu. Ich muss unwillkürlich auf den Teppich und den Tisch schauen. Wird er nun kippen oder nicht?

„Ah, da bist du ja!"

Annes Blicke streifen mich. Ihr Mann wäscht das Geschirr ab. Er schaut kurz auf.

„Nenn mich einfach Klitsch!"

Ich wusste gar nicht, dass er einen Spitznamen hat. Die Blicke der Kinder neben dem Tisch durchbohren mich.

„Nicht gucken!"

„Und vor allem nichts sagen!"

Die Auflösungen

Körperbehaarung, aufgestellt